U0048142
長歌行
中文愛藏版
陸
夏達

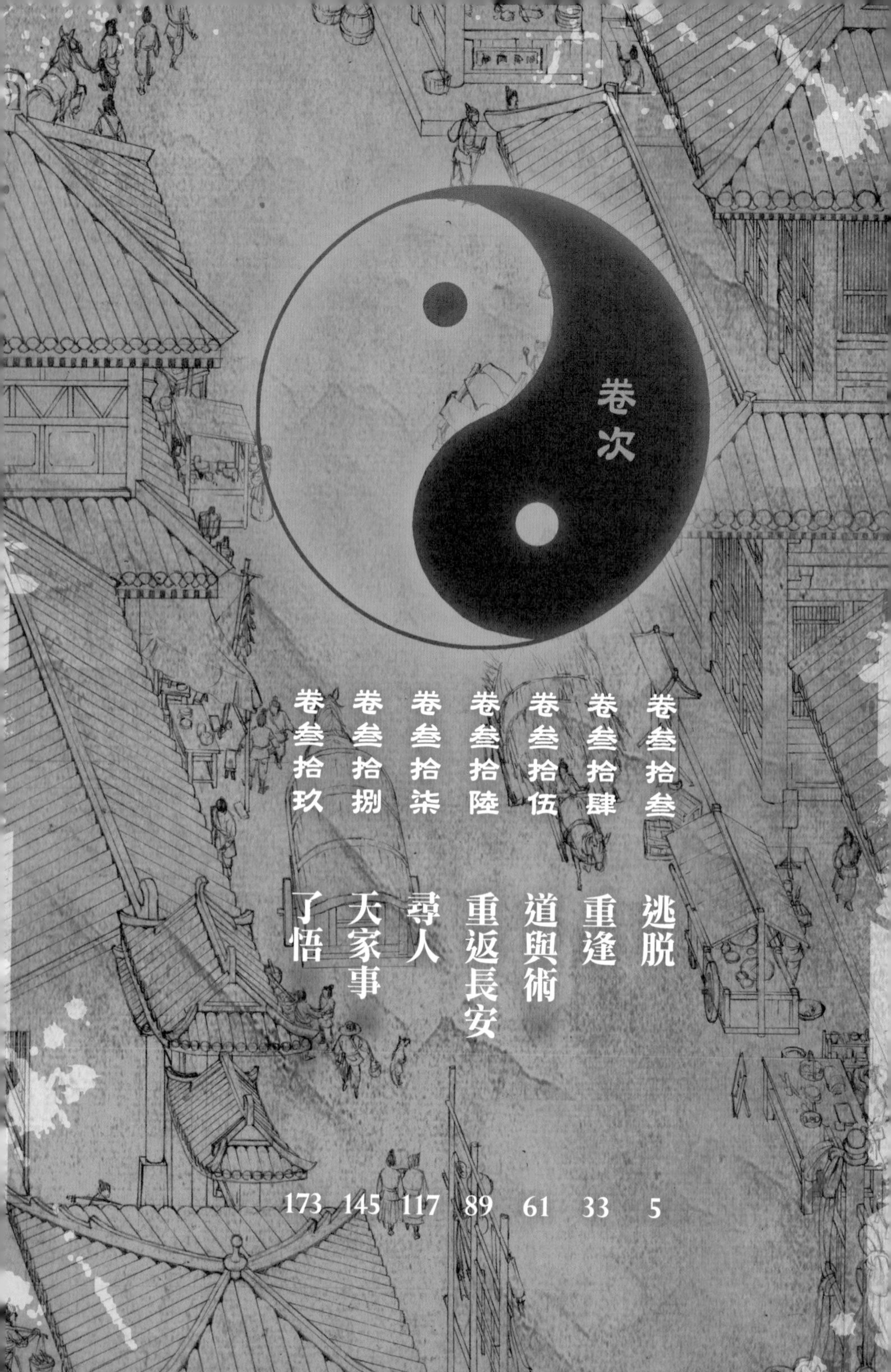

卷次

逃脱

赤鯢已進入流雲觀

我們已將山腳圍住，只等命令即可收網。

很好，進觀吧！

報──山腳下急馳來一隊人馬，只怕是赤鯢後援！

怎麼之前不見來報!?

屬下失察！

他們來得突然，只怕避無可避了！

罷了，我下去指揮應戰
你們兩個上去護住觀主，不要驚動了觀中的赤鯇。
是！

緒風，
上面就是流雲觀？
是
沒辦法了
硬衝吧。
啪
啪
啪
啪
啪
啪
啪
攔住！
攔住他們!!
快去通知首領！

!?
嗚啊啊啊——

自慎堂
可惡！
人影都沒一個，
你們倆進去看看。

其餘人跟我往後院去。
是！
為這幾個娘兒們花這麼大力氣，
要是讓老子逮到……

……
喂！你們倆
老大叫你們去前院……
快來人啊！
這裡有兩個！

老頭子，
你們漢人都問也不問就動手的？
圍住這兒的不管是赤鯢還是官兵，都對我主公沒好處，
何必浪費時間問？
……
李長歌到底是什麼人？

若這次救得出來，

你再慢慢問吧。

這次，
誰也休想踏前一步！
報——他們已衝破封鎖……
一群廢物！

首領，他們確是驍勇異常!!
加之沒料到會有騎兵來援，我等都跟著赤鯇守在步道……
夠了！
發信號叫車馬道的人放棄攔截！
放他們進觀！
是！
派人帶令牌去通知大人，調騎兵馳援！
集中剩下的兵力把守流雲觀幾個入口！許進不許出！
是！
這兒的調派交給你
再出岔子唯你是問！
首領你……？

我去看看
能不能把那個
觀主救出來！

三郎當心!!
這小娘棘手！再叫人過來!!
那劍厲害！別硬碰！
魏徵
魏徵
看二叔送我的短劍！

二殿下還真是……
公主，放過在下的紙鎮吧
給你看哦，真正的切金斷玉。
上兵伐謀，其次伐交，再次伐兵
而匹夫憑利器逞勇……
卻是連下下也算不上的。
……
我還是覺得短劍有用

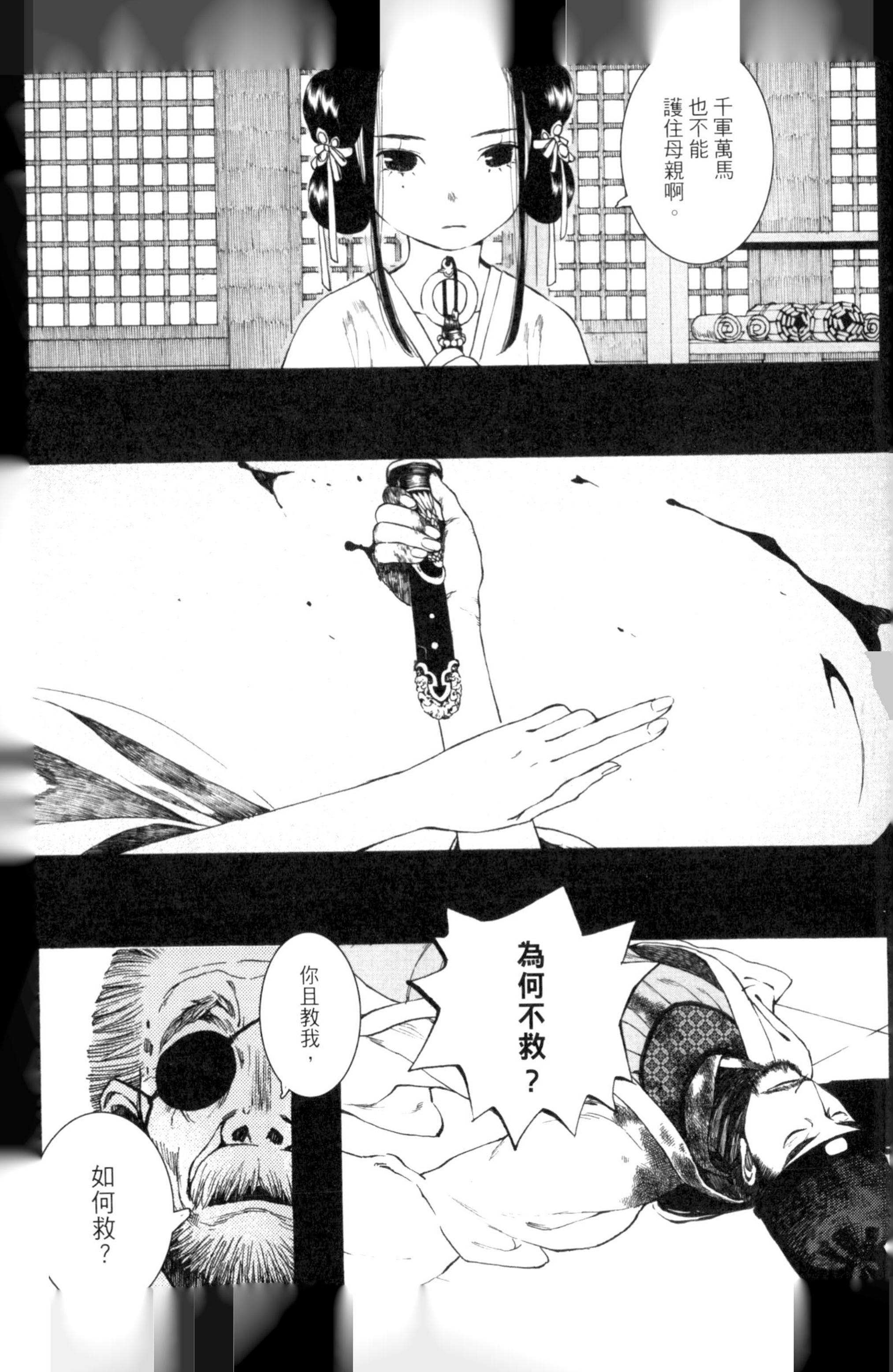
千軍萬馬
也不能
護住母親啊。
為何不救？
你且教我，
如何救？

求妳快走

妳誰也救不了的。
嗚啊啊啊──
大哥小心!!
可惡!快撤!
增援!!增援怎麼還沒到!?
你們三個,
分頭帶隊搜尋!
尋到了以響箭為號!
是!
那你呢?
老夫守門,
快去!
哦

這老胳膊老腿兒

是該活動一下了。

……

自慎堂
一起上！
她撐不了多久了！

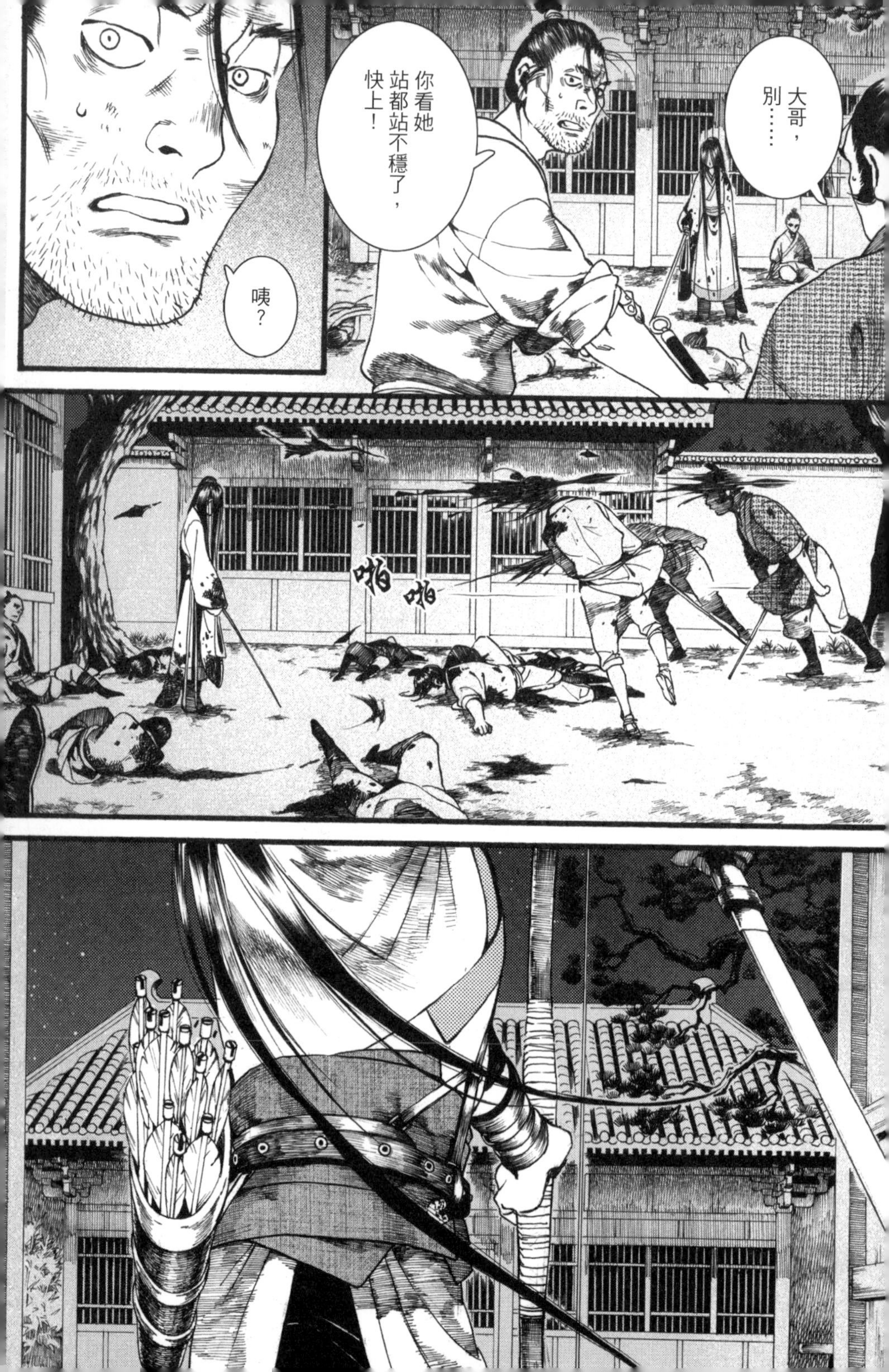

大哥，別……
你看她站都站不穩了，快上！
咦？
啪
啪

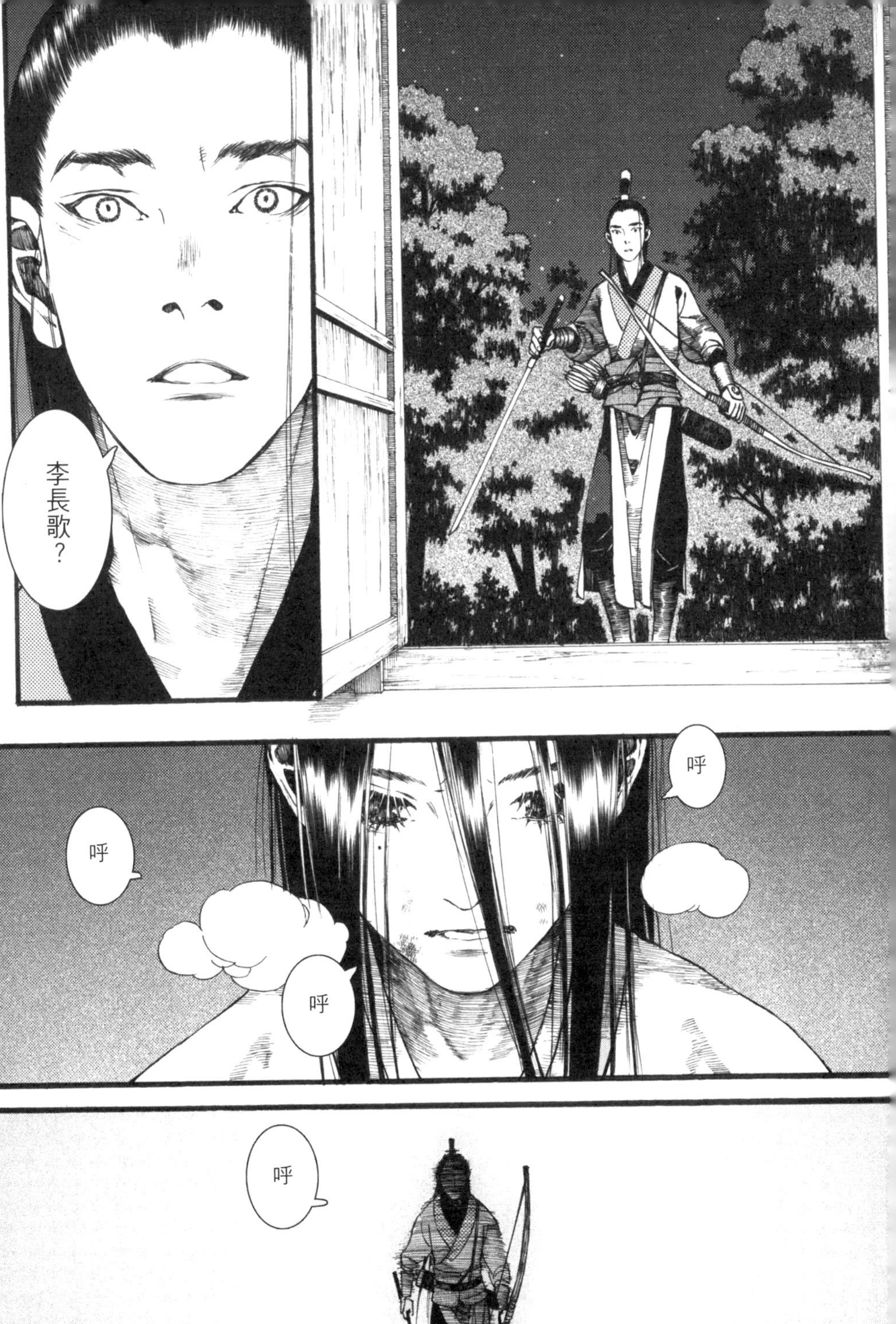

李長歌？

!
妳幹什麼!?
喂!
鏘
妳不認識我了嗎?

鏘啷—

……
嘖！
真麻煩

混蛋
明明上次見面還是兄弟。
咻──

羅十八

燕雲十八騎之一，奉長歌為主公，尊其命令為唯一意志，後追隨在長歌身邊擔任護衛。總是全身鐵騎重裝的女戰士裝扮，個性極度嚴謹、身手矯健、不苟言笑。

重逢

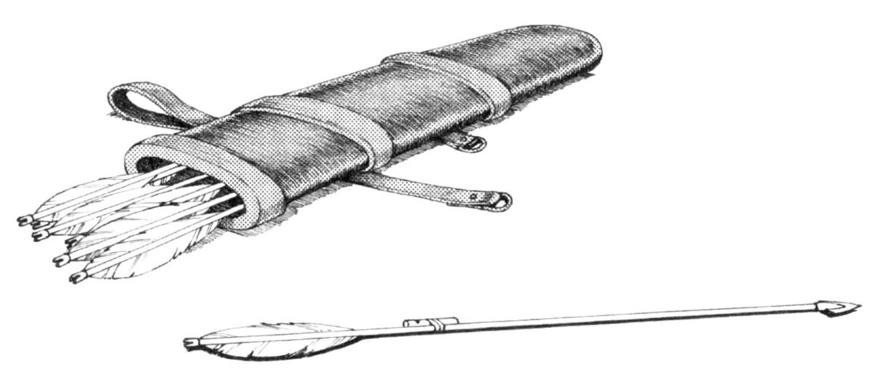

咻

啪
妳什麼意思？

我就說，死戰不退……
太不像她的風格了。
秦老爺子
老爺子
如何？
主公已尋到，人也差不多集齊了，
我們是不是殺出去再做盤算？

殺出去只怕是難，
各個出口已被重重把守，圍得緊緊了。
那接下來…
小主公呢？
在屋裡，未見大傷，疑是力竭而倒，
屋內還有已昏迷婦人，可能是觀主。
唔……

你們是什麼人？

敢問道長可是流雲觀觀主靜澹真人？

在下雁行門秦古。

羅十八

如此看來……

我竟是無恙了……？

長歌!?

無妨
她只是力盡虛脫了。
你們……
便是長歌一直要等的人？
……
老先生不必顧慮，
貧道對她的瞭解只怕比你所想的更多，
而若我所料不差……

此刻官府已介入了吧？
可算是出來了
那老頭沒追上來吧？
是屬下無能！首領你……
皮外傷，你說這兩批人不是一夥的？
看樣子他並不打算出觀。
是，後來的這些人一進觀就跟赤鯇大打出手
不然屬下還不得脫身。

讓你保護的觀主呢？
屬下趕去時，只遠遠見到一名白衣女子與人廝殺，
未及靠近便被赤鯢的人纏上，直到首領你和那老頭出現……
……這就怪了，難道他們是流雲觀一方的？
白衣女子？
咚
咚
咚
擊鼓聚將……杜大人親自來了
罷了，你我先去覆命吧。
是！
如此甚好。

老夫只道
突破口怕是
要落在真人身上，
不想真人智謀
與縝密還遠在
老夫所料之上
若依此計渡此大厄，
老夫定當舉雁行門之力
傾情相報。
秦老先生太過客氣，
這是貧道的選擇，
自然是貧道來承擔
有先生相助，
此事定能順利解決。
十八
在
妳隨觀主
帶主公去地窖，
將她的衣衫換上。
是！

啊！
差點忘了
剛才似乎見到了一位朔州的故人，
為防萬一，
我們這兒還有幾個人怕是也要藏一藏吶。
咚——
咚——
承雲觀
咚——

既然如此…
還請中郎將率軍守好各處要道
是！
皓都，你率衛隊隨我入內。
是！
流雲
我倒是好奇，他們待要如何脫身？

這……
這是……？
對了！
觀主!!
鏘
咳！

小主公，
可是醒了？
秦伯、觀主、和換了妳衣衫的羅十八在上面待客，
秦伯交待，讓小主公在這地窖靜待片刻
此地無女侍，若小主公有需要，可喚屬下聽命。
這聲音是……
你且上前來
是！

緒風!!
一別數月，小主公還記得屬下否？
哈⋯
沒事，看來又撿回一條命了
小主公？
哈哈哈哈！
妳還真是一如既往的好賭啊
對了，此地還有一位主公的故人。
故人？

妳離開突厥後的事，
秦伯本想讓他問妳，
只是……
接連騎了許多天馬，
剛又殺了許多的人，
一下來
就睡死了過去。
呼
要叫醒嗎？
阿史那……
隼？

……
流雲觀觀主靜澹道人，
恭迎大人。

看來觀主
一早就知道
杜某人要來？
原本是不知道的，
貧道只閉眼待死，
不料秦伯趕來，
之後貧道卻是料到了。
此話怎講？
大人
小老兒秦古，
原是與流雲觀
有生意上的來往，
前些日子，
流雲觀的管事荃娘
向我們求助，
說是赤鯢襲擊流雲觀，
觀主危在旦夕，
我們的貨物也被掠去！

小老兒一急就拉著人馬直接趕來了，
因不識得黑衣大爺們的身份，還當是赤鯢的人……
真正是罪該萬死！罪該萬死！

是屬下失察，以為他們是赤鯇一夥，
確實是問也沒問就動手了。
觀主又如何料到我們是官府？
實不相瞞，貧道曾聽說大人在肅清商道，
於是聽秦伯一說，便猜想到了……
想必大人也調查過，
貧道經營商道數載，從未做過傷天害理，欺行霸市之事
雖問心無愧，但若大人需要……

貧道願將商道雙手奉上，
官府要封要收，絕無二話。
觀主！
秦伯休要再勸，
貧道早有此意，借機脫身罷了
而今天下承平，
我一個婦道人家……
無須再以冒險支應門庭便是大善
貧道萬死再拜，
只求大人恕秦伯不知之罪。

是那位嗎？
屬下只遠遠看到……
似乎是她。
既然如此，觀主可不必憂心了。

朝廷肅清商道，並非是要絕爾等生路，
連年戰亂、交市不開，兩國民間私下交易，本也該從寬處理
奈何有惡徒藉此內神通外鬼，行不法之事，須得嚴懲之，
觀主此舉正合人情國理，大善。
陛下的心願，亦是爾等安居樂業……
待到政通人和，交市再開，列位也無須如此掙命了
這位老丈
這次衝突因誤會而起，你我都有責任，
大人
這一件我既往不咎。

大人仁厚！小老兒感激不盡！

你也是做商道的吧？最好趁早自行散走

是，是

我帶大軍回城搜捕餘孽，皓都你們在此駐紮，清點屍身、登記造冊。

是

大人……請大人開恩！

大人明察……

流雲觀內都是女冠

原本赤鯢就汙我流雲觀是那不潔之地，如今被強寇破門，又拘了這許多男子在此……

大人……流雲觀是貧道唯一安身立命之本了啊！

……
也罷
皓都，你們連夜處理了屍身，手腳俐落些，
明晨來回報與我。
是！
大人大恩！貧道萬死不能謝！
噗
笑什麼笑!?

有什麼好笑的!?
……
沒啥
殿下這一身……
還真是適合得緊啊。

秦離離／六娘子

長歌為掩人耳目重返長安的化名，是秦氏家族排行第六的美麗閨女，僕俾們稱之六娘子。和排行第四、化名為秦隼的阿史那隼是堂兄妹的關係。

卷叁拾伍
道與術
流雲觀

恭送大人!!
這次真是多虧了觀主，
小老兒就帶人在外頭偏殿湊合一宿
有吩咐就讓十八姑娘尋來便是。
真是連累老先生了
哪裡，觀主還是快回去歇著吧
你們，去把外院清理了！
剩下的人跟我去內院！

給我對照名冊，一個一個看仔細了！
屍體上的遺物留下！屍身抬去後山處理！
一會妳給秦老送些吃食被褥去。
是
原來我走後發生了那麼多的事……
秦老當真手段非凡
幸好有他，
不然我這輩子都無顏面北了。

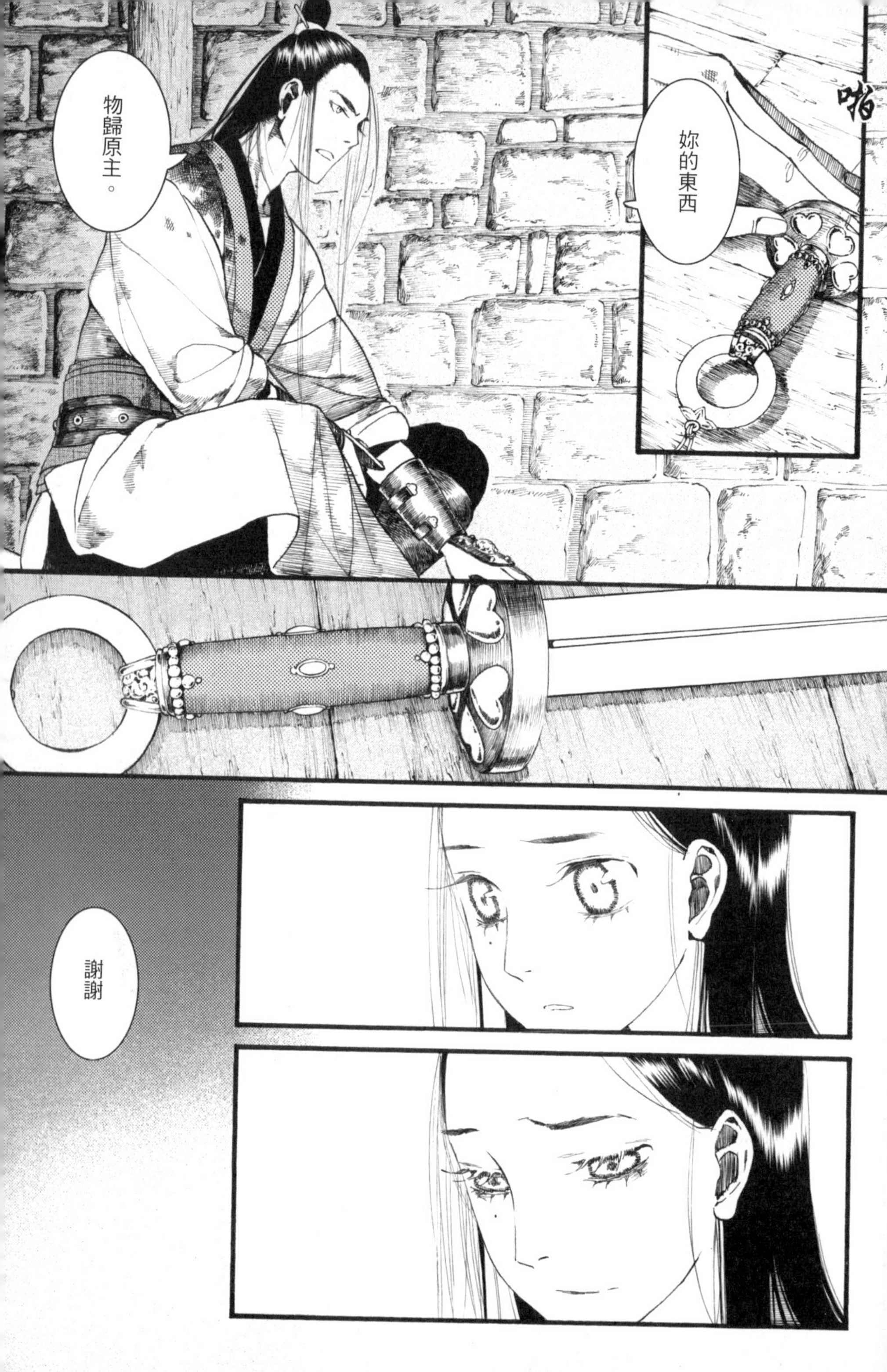
啪
妳的東西
物歸原主。
謝謝

……

查到了會告訴妳

她的來歷，指使她的人，和……逼死她的理由。

……

阿史那隼

有個秘密你要不要聽？

真是麻煩觀主和姑娘了

觀主說吃食粗糙，大家將就用些，

她在整理內務，明晨再來拜謝。

多謝觀主，老夫打算明兒一早就走，

眼見這商道不好走啦……

還是學觀主散了人馬，找個正經營生妥當

哎
這位小首領，別站著啦
過來吃些餅，喝口湯吧？
不用
為什麼要告訴我？

什麼？
妳的仇人是叔父，
而妳的叔父是當今唐朝天子。
不是你問我的嗎？
我只是問妳為什麼要假扮男人
對妳來說要略過那個部分不難吧！
也不是那麼容易
妳就不怕我洩露出去嗎！？

你知道這秘密之前，
我並不確定你會不會洩露我的行藏
但至少我確定，
知道這秘密之後你會守口如瓶。
……
妳又算計我？
阿史那隼
我們還是朋友嗎？

……
不管妳有沒有當我是朋友，
妳救過我和我的族人不止一次，就衝著這個……
妳也是我阿史那隼的朋友。
太好了
…
我朋友不多，
今兒可一個也不想少了。
觀主

可都交待清楚了？
觀主
要委屈你們在此待到天明了
拿了些吃食，將就用些。
外面現在？
啪

任性夠了？
夠了夠了！
師父那種以劍證身，萬千紛擾我自一劍斬之的道……
果然不適合我啊
感覺如何？
簡單粗暴的感覺真是不錯，
這輩子體驗一次便也夠了。

外面來的是兵部尚書杜如晦，
他似乎相當在意妳的存在
雖已退兵，但我不確定他是否不再懷疑。
秦伯明兒一早就會回去整頓雁行門，化整為零，於表面上解散，
你們幾個怕是要藏到流雲觀開山門，香客進出之時才能走
一個月後在長安會合，我會幫你們打點。
還有這位小哥
秦伯之前就託我致歉，
說請稍安勿躁，他應承你的事一個月後必能兌現。
……

觀主
妳們明晨之前還能給秦老傳話嗎？
能，怎麼？
請替我轉告他，
將商道轉移進西域
一來躲風頭，二來也便於之後的行事。
這倒是不錯的法子，
不過如此一來，你們在中原就失去根基了
無妨，
之後我另有安排
此外，
還請觀主轉告秦老……

啾～
一個月後，
帶上阿寶與媛娘來長安與我相見，
我有要事相商。
啾～
啾～
……
說吧

流雲觀已清理乾淨，
那叫秦古的老人也帶著手下離開了
並沒有發現什麼異常。
流雲觀觀主將她商道的據點，路線和買賣資料都交了上來，
大人您要不要休息了再……
嗯……她既然敢交出來，
自然不會有問題
你多注意些「雁行門」，
若他們果真自行散去，就不用再費神盯著。
是
就算與她有牽連，
也找不出蛛絲馬跡了。

……大人
您若還有懷疑，
我們就強行將他們留下如何？
皓都，
你覺得我們在做什麼？
我們在幫皇上平天下，
而不是替他失民心。

流雲觀
阿姐
妳又出來亂走！
好啦，我的身體我自己清楚，
妳快出門吧。
妳這樣我哪能放心！
妳看五娘都等好一會兒了
那我們去城裡採買，妳可別亂走動了，
什麼工作都等我回來。
路上小心吶
可好些了？

別起身了，坐著吧
觀主
阿碧姐，
阿離姐姐真的是那天就跟老神仙走了嗎？
嗯，怎麼了？
前幾天有人留了一個包裹在茶棚，
等了好幾天也沒人來認領，
我今早打開來看……
裡面是一打白麵餅和一包銀子。
……

嗯
一定是那天就走了的。
我們以後還會見到阿離姐姐嗎？
會的
下次要揍這死孩子一頓出氣！
呃……
觀主，妳當真把商道都交出去了？
是啊，以後跟我粗茶淡飯過日子吧。

十八姑娘她們……是以什麼身份去的長安？
當年燕雲十八騎何等威名，貴胄人家多有家將效仿裝扮，
如此羅十八那身披掛便不扎眼了。
是因戰亂遷至北境的富貴人家的子侄和家將，
族中長輩想回長安買房置地，派他們先行
那阿離……？
……
長安不比別處，她的故舊多在此地，
自然不會再給她四處亂走招搖的機會
這貴家女的矜持和足不出戶……
希望她適應得來。

洛陽郊外 某民宅

如此，便勞煩大娘了

唉喲，包在我身上。

你們給的這價錢什麼馬車雇不到？

另外前幾日送來的丫頭婆子可還滿意？若不夠……

夠了，我主家的小娘子愛清靜。

妳倒是著急，

我們的行頭還沒備全，
妳倒先披掛起來了。
……
我與你不同
無這身披掛，我對主公便無半分用處。
我們明日就出發去長安。

明日？
你不是說新來的僕傭還要調教嗎？
他想怎樣？
等不了，我們那位堂公子已經暴跳如雷了。
他對等待相當不耐，似乎想要自己尋方法去契丹
走了也罷，反正剩下的事他也幫不上忙
是啊，
他的焦躁大概也是因為不能用熟悉的武力解決問題了吧？
啪

已……已經進去通報了
小姐很快就會出來。
啪
啪
不等了！
哎？
堂兄留步

聽聞你是
前來辭行的？

秦隼／四郎君

離開突厥跟隨秦老來到唐朝國境的阿史那隼，為掩人耳目化身為秦氏家族排行第四的郎君，化名秦隼，和長歌化身的秦離離是堂兄妹的關係。

重返長安

妳們先退下吧！

是

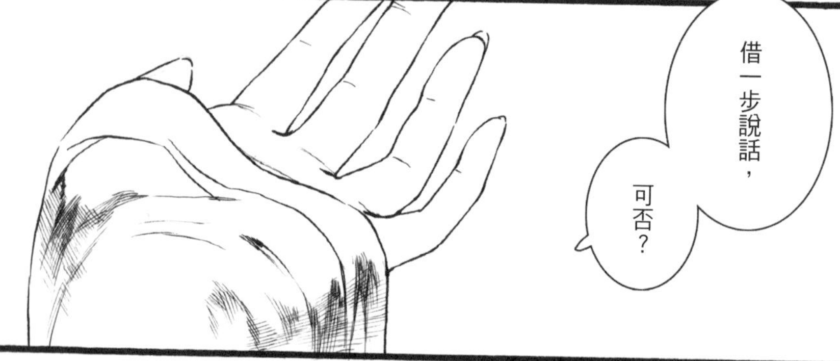

你的意思是
不等我們的安排，
自己去契丹？
秦老轉移商道
是為了擺脫官府監視，
離約定之日
還有二十餘天
你是不信
我們的承諾？
我沒有不信，
只是等不了。

那麼，
以什麼身份去？
以什麼理由
打聽你的身世？
以及該從哪兒
打聽起？
我猜你完全
沒考慮過？
……
秦老花了那麼大
力氣才賺到
你這個盟友，
可不是看著你
去送死的。
若我們要去到
池子對面的水榭，
可以游過去，
也可以繞遠路
走過去，
更可以修棧搭橋，
施施然走過去。

我們漢人把「選擇要去的地方」叫做「道」，

而「用什麼方法去」叫做「術」。

阿史那隼，你似乎從來沒有被「道」困擾過，

但你想不想多學一些「術」？

比如，
現在你是秦家行四的郎君秦隼
我是你的堂妹，秦家行六的姑娘秦離離
正遵家中長輩之令，去長安買房置地。
我一閨閣女流，自然是不便拋頭露面的，
只在內宅理家管賬，安頓內務
對外一應事務就交與堂兄你和管家緒風。
直至一個月後大伯父秦古趕來，
如何？
所以，這也是妳的術？
什麼？

朔州都尉李長歌、
我帳下的漢人小軍師、
道觀裡那個血人、
以及現在這個秦離離
都是妳的術？
……不
都是真的我。
又騙我？

我沒騙你，倒是穆金騙我。
？
他幾時騙妳了？
他說你對朋友全無懷疑，
可不是在騙我？
……
所以
你要不要學漢人的術？

學！
哈啾！
什麼人
在背後說我？
突厥可敦寓所
公主，
那雁行門
是最近突然崛起的
一支商隊
以前與阿史那隼
並無接觸，
如那秦古所說，
他是第一次
與阿史那隼做生意。

這就怪了……
叩
我不認為阿史那隼能讓第一次見面的商隊成為他的手下
難道是我多慮了？
或者這其實是沙砵利那個老奸商的授意？
另外，李氏開始肅清商道了，
我們在中原的好幾條暗線被毀
如今耳目不通……
這李氏的小子好手段啊……

內有動亂不止，
外有強敵環伺，
我只道是
我們的好時機，
可渭水之畔，
頡利只一個疏忽……
他便坐穩龍椅了。
錦瑟
在
去告訴社爾，
讓他加快速度，
我們等不起了。
是！

對了
那個雁行門……
寧可錯殺，不可放過。
唐都長安
秦
哎！小心些
別晃
別晃！

呼
可算是安置好了
午膳準備好了沒？
跟廚房的說了。
作夢一樣，我們現在可是在長安呢！
侍書姐姐，妳不想出去看看嗎？
妳可給我安分些，
我們現在跟了個好主子，盡心本分才是。
哎
小聲……
嘻嘻，咱們六娘子人又美性子又好
還那麼聰明，賬務都是她管著呐。
休要聒噪！
是！

十八
妳把她們都嚇著了。
……
難得來到長安
妳不打算出去逛逛？
我的任務是戍衛主公。

我成日裡足不出戶，哪需要戍衛
還不如跟他們一道……
去看看長安城。
此處是長安西市，是交易集散之處，
胡商、馬行、酒肆、※鐺斧，應有盡有
長安一百零八坊，
向東五道大街，咱們住的靖安坊就在安上門街東。
※鐺、斧：皆為金屬器具，意指打鐵鋪。
可記好了？

你們漢人住的如此狹窄！
又不見日頭！
叫人如何分東西！
四郎雖生在胡地，但也是「漢人」啊！
……
這兒午時開市，酉末閉市，
你盡可細細的逛。

若要歇腳，
前有酒肆……
好刀
誰打的？
？
是我
賤內不懂漢話，
客官別見怪。
小郎君好眼光，
那可是我的得意之作！
突厥人？

……
是又如何？
為何不回突厥？
店家勿怪，
我家四郎自小在塞外長大，見到故地兵刃倍感親切，
並無他意。
這話問的有趣，
我為何要回突厥？
咳
四郎
以後若有什麼疑問，可以先問在下。

這裡不比塞外，不要引起紛爭
在這裡
突厥人很多？
多不多我不知道，
但起碼不罕見
突厥人、回紇人，甚至西域人，
在西市都很常見。
本地人更只當他們與漢人一般
尋常待之
不要奇怪，
不是你想的那樣。

秦
他們都是正經商人和平民，
非是敵人，更非奴隸。
裴寂裴司空，李靖李尚書尚都在朝，
原秦王學士府的房玄齡、杜如晦進爵國公，
原秦王天策府的尉遲敬德和程知節晉封右武侯大將軍與右武衛大將軍。

……
裴寂是太上皇的心腹，一朝天子一朝臣，估計也留不了多久
李靖為人最是穩重，言少思多，又用兵如神……如今的天下還真是缺他不得。
永寧公主的「死」仍無異狀，
那追查想必是杜如晦的個人行為？
也是……若說忠心不二又頑固不妥協的，也就是他了。
另外，原隱太子府的魏徵和王珪，現任諫議大夫，諫諍君側。
……
嘿

倒是各得其所。
主公，妳是要？
不，什麼都不要做
繼續收集信息，
我要驗證我的想法。
這幾日緒風要去辦別的事，
怕是不能隨你出門

我安排幾個小廝跟著
你識得路了？
我為何不能自己出門？
……
我憑記憶繪了長安坊市的※輿圖，
還請四堂兄一觀。
※輿圖：地圖。
北邊是皇城，往南這兒，
是我們住的靖安坊
城中朱雀大街以西是五十四坊和西市，
這個地方就是你昨天去過的西市。

朱雀大街以東，也是五十四坊以及東市
這原是前隋大業城所在，
所以現今顯貴人家仍慣居於此。
東市多是絲綢錦繡，珠寶奇珍。
對了，還有印行和書肆，古籍珍本可細細的挑。
你若有空便幫我……
咳！
帶個胡麻餅吧。
……

說起來
我一直好奇
你不識得漢字，
為什麼漢話
這樣流利？
……父王看重
可敦和漢人軍師
為了
討他歡心。
……
輿圖你拿去吧，
左右就那麼幾個字，
對照看看就知道了
若你有興趣

可以來找我
認漢字。
走了
好
為什麼不自己去？
什麼？
忍得這樣辛苦

為什麼不自己
去看看長安？

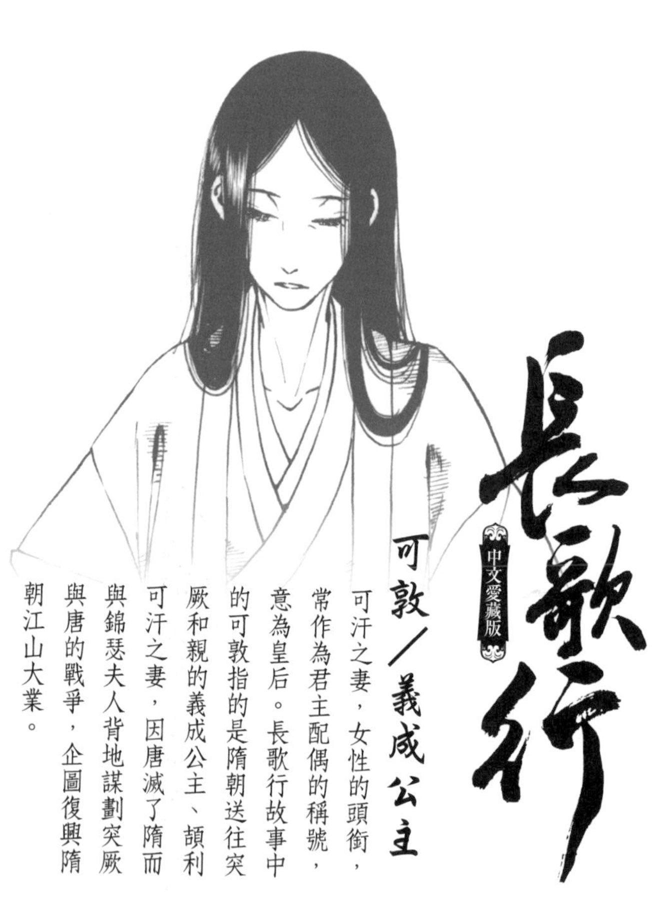

可敦／義成公主

可汗之妻，女性的頭銜，常作為君主配偶的稱號，意為皇后。長歌行故事中的可敦指的是隋朝送往突厥和親的義成公主、頡利可汗之妻，因唐滅了隋而與錦瑟夫人背地謀劃突厥與唐的戰爭，企圖復興隋朝江山大業。

卷叁拾柒

尋人

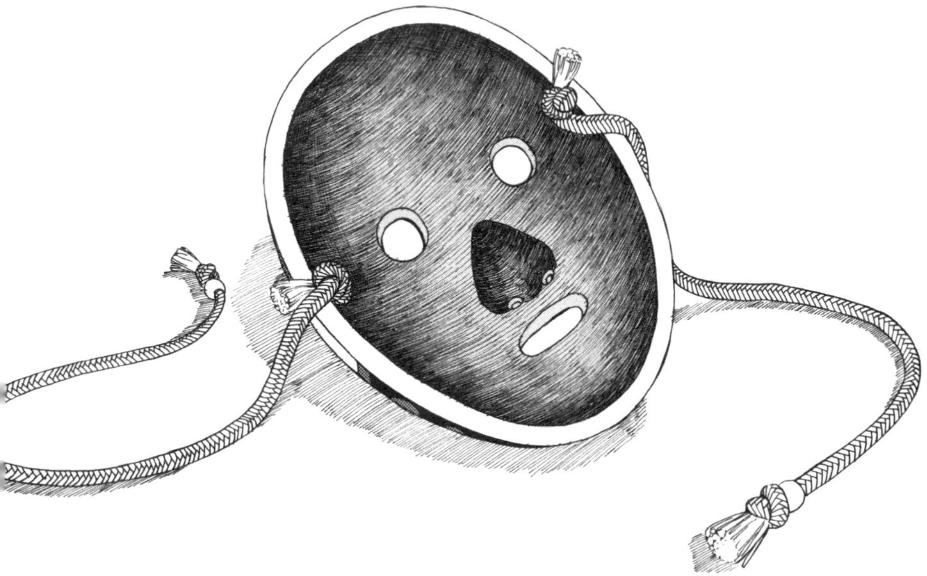

邊陲小鎮 辭邑
什麼？
秦老爺子不在？
什麼時候回來？
前幾天有人傳信，
說是近日回來
你們這是……？

這孩子叫阿爾泰，
穆金讓老爺子安排他跟著隼大人去契丹，
說是能幫上大人。
好的，我先安排你們歇下，
等老爺子回來你跟他說
喔
噠
噠
噠
哎
你還帶了什麼人來？
沒有啊
難道是老爺子他們……
!

敵襲！
有敵襲!!
我看街上很多小兒都戴這些，
就順手買了回來。

妳想要出門，
可以用這個。

十八

妳會制止我嗎？
主公的旨令
即是吾等意志。
……
那麼，明日繼續戍衛在此，
我要「閉門靜思」，誰也不見。
是！

秦
秦
郎君慢走，
可一定記得在宵禁前回來。
你們不跟著？
管事的說，郎君記得路了
小子們粗笨，不要再跟去惹郎君生氣。
……
堂兄留步
咕嚕
咕嚕
噠
噠

若兄長仍需人帶路
小弟願往。

咳，
妳不用帶路
我認得
這是朱雀大街，
我每天
都要經過的。

西市還未開市，
現在去……
安仁坊

千餘丈的朱雀大街

連接著北端的朱雀門和承天門……

承天門的背後……

是皇城

翊善
光宅
來庭
永昌
東宮
太極宮
掖庭宮
修德坊
輔興坊
承天門
永興坊
三省六部
三省六部
頒政坊
景風門
崇仁坊
布政坊
朱雀門

是她的故鄉
走吧
……

你剛說想去哪？
隨便 妳帶路。
那…東市？
走吧

兩位郎君稍坐，
飲些酒水
奴家即刻將菜肴備上來。
我們不需要人伺候，
無事便不要來打擾我們兄弟說話。
是
呼

這家的三勒漿很是甘甜清洌，
據傳是來自西域，兄長可嘗嘗？
聽聞兄長曾常駐西北，
想來能辨出優劣。
若有朝一日，妳在中原待不下去了

可以來投奔我。
彼此，
彼此
若你在突厥
待不下去了，
亦可來
投奔於我。

我住不慣你們漢人的地方
那你又怎知我住得慣你們胡人的地方？
哎？妳住不慣？
李⋯
妳也不是純漢人吧？
⋯⋯
不是
⋯⋯那會兒我說住不慣，
你能放我回朔州嗎？
我的瞳色來自母親，
她是回紇人
祖上亦有鮮卑血統。

漢人真是可怕
無論是哪裡的血統，
一旦認可了漢人的生活方式，
便會說漢人的言語，著漢人的衣冠，像漢人一般處世，
乃至子子孫孫…成為純正的漢人
我們至多只能收割人的性命和財物，
而漢人……
卻是能改變「根本」。
叮

兩位郎君，菜肴已備齊
進來吧
時值端午，
可呈上否？
小店還備了些粉團角粽贈與諸君嘗鮮。
另外奴家見小郎君形容尚幼，
便自作主張，再進長命縷一道
可替小郎君結上？

……
我竟是忘了……
今日是端午
一年了啊……
再過一歲就不用
結這長命縷了呢
為何？
因為公主明歲※及笄，
便不是孩童了。
※及笄：古代女子滿十五歲結髮，用笄貫之，因稱女子滿十五歲為及笄。

話說回來，這及笄禮可是要好好籌辦的
永寧將來很可能是我們大唐的長公主吶。
喂
喂
這東西怎麼吃？
啊？
時值端午，應當還有龍門競渡，
你若想看，我安排人帶你去。
妳不去？

不去了
張狂這一回也就罷了，
哪裡能事事如意
我發現，
我是真不太分得清
妳的「不想」
和「不能」。
……
有區別嗎？
我說……

妳能不能
講點道理？
硬闖者，
死！
我有要事
要報與主公
退後
……
好，
妳斬下來吧。

住手！
主公
怎麼在內宅裡
動起刀槍來了？
我去小憩了
一會兒，
怕人動我書桌，
故命十八在此處
引得這場糾紛，
倒是我的不是。

辛苦十八了
妳先下去歇著吧。
說吧
是
屬下以尋教養娘子為名，四下尋訪，
主公要找的東宮使女大多被充入掖庭，暫時沒聽說有放出來的
只有一個在事變前一天被逐出宮去，下落不明
屬下將打聽到的情況收集在此，
請主公過目。
※掖庭：宮中旁舍，宮女居住的地方。

另外，
按原計劃
老爺子的信使
早幾日就該到，
至今音訊全無，
估計是有事絆住了
所以我們
在長安的時間
還要延長。
緒風
你方才說那位
被逐出宮的宮人，
就是這個阿雲？
是
其它事都放下，
全力搜尋此人。

是
……主公，
可是有什麼不妥？
阿雲……
是我母親的心腹侍婢
那時我並沒留意到她的去向……
在血洗東宮前一天…
因打破一個碟子
就被我母親逐出宮去……
也太不尋常了吧？

張出塵

張出塵，兵部尚書李靖之妻，年輕貌美、機智果敢，受房玄齡之託監管長歌母親的貼身宮女阿雲。

天家事

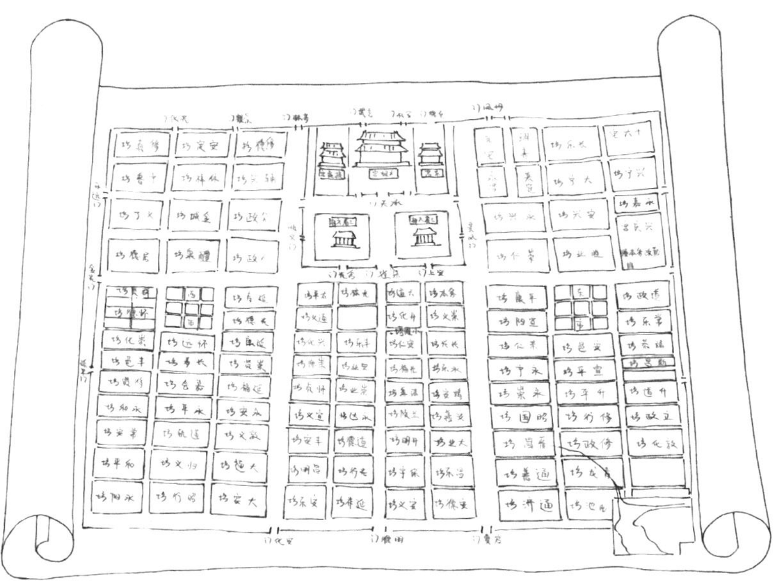

事發當日，
父王剛離宮，母親便將我送了出去……
我一直以為，
她是從什麼渠道先得了消息，我才得以倖免。
而如果……如果她並非是當日才倉促得知
她為何不通知父王？

主公，妳先
冷靜一下
只憑逐出一個宮人，
又怎麼能……
她那樣一個人
連粗使宮人無禮
都不曾斥責過，
又怎會
因為一個碟子
就把阿雲逐出去？
是想保全她？
還是去傳遞什麼……
主公，
屬下不才
搜山巡海也會幫妳
找到這個阿雲。
咳
咳咳！
主公！
咳

咳

沒事，老毛病了。

咳咳！

觀主送的那箱東西，最底下有張藥方子

……

你找人去抓藥吧！

是

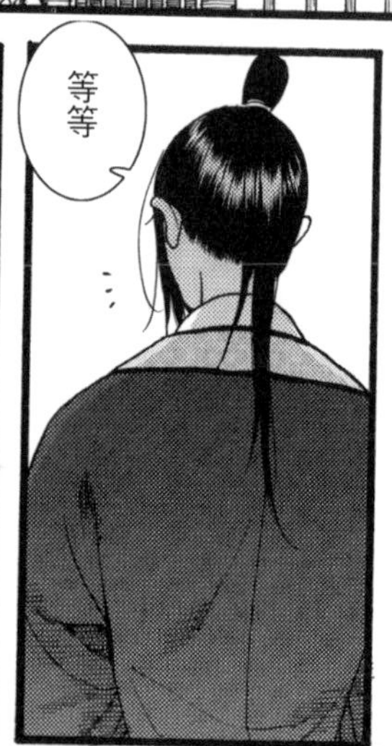

咳咳！
咳
……
長安 尚書李靖宅邸
可以了

今日不用出門，
這樣便很好
尚書夫人 張氏出塵
手藝見長啊，
阿雲

妳又何必
如此緊張？
說過
多少次了
……
妳知道的、
不知道的、
我都沒興趣
更不會
催逼於妳。
既是如此，
夫人不如
放阿雲歸去吧？
別傻了

在這兒
妳至少能活著。
夫人
確實是有人
在查阿雲
看看……
還真是不太平啊。

去通報夫君一聲，
讓他明日請中書令房公過府一敘。
丟了這麼個大麻煩給我們，
是
可不能讓他太輕鬆了。
咳
咳咳！
六娘子
咳
還是請個大夫……
不用

可是……
去歇著吧，
我也睏了
那……
六娘子有需要就喚侍書。
嗯
咳
咳
府裡的老人誰不知道？
※瑾良娣是秦王在戰場上救下來的，
要說沒私情……
喂
喂！
※瑾良娣：長歌的母親

放肆！
這樣的汙言穢語
也是說得的!?
拉下去，
掌嘴二十
妳不過也是
一個奴婢罷了!!
憑什麼！
那麼
拉下去，
杖責五十
公主!?
這個主
我可還作得？

公主
那些污言穢語
妳別……

阿雲
母親與二叔
是否有私？

公主

天家事婢子
不敢妄議，
只能以微賤的
性命為良娣作保

決無此事。

秦王救過良娣是不假，
可這十數年來別說見面，良娣宮門都不曾出過
良娣與秦王為人如何，想必公主比婢子清楚得多。
那是當然！
我就說嘛……
咳咳！
咳
侍書姐姐？
咳
六娘子這麼咳下去……
怕是不太好啊。

今日還要去找那幾個老頭子嗎？
去！
什麼氣味？
聽說六娘子病了，
大概是在煎藥。
病了？
咳
咳
不過是老毛病，沒什麼關係。

老毛病？
是朔州
那會兒的？
是吧？
咳
我這人一向
不後悔做過的事
可現在想起
受降那會兒，
故意讓妳
光腳挨凍
倒是有幾分
後悔了。

堂兄
可否陪我出去走走？
我原本也正要找你。
秦老不知道因為什麼事耽誤了，
至今仍無音訊
我已經安排緒風去接應了，
你若等不及……咳
咳咳！

咳
可以先走
這次算我欠你的。
……你不用這麼看我，
我這病也不是那次凍出來的
……
……阿史那隼
若你有一個大仇人，還有一件畢生的心願
而殺了大仇人這心願便會破滅，
你會如何選擇？

自然是先完成
我的心願。
那……
這時你又突然
得知大仇人與你
至親之人有舊
原本放棄復仇
是為大願和公義，
而今卻像是為了
遮掩難堪……
你又當
如何？
這些與我的心願
有什麼關係？
我畢生的心願，
難道是靠這些
左右的？

李長歌

我真的覺得很奇怪，

妳比我認識的大部分人都聰明

為什麼總是在最簡單的事情上糾結？

果然
這種事是該問你。
不過，
你知不知道這問題對普通人而言有多難？
也只有你
把「最簡單」這三字說得如此輕巧！
真是……咳
咳咳
……真是令人惱恨！
……

妳剛才說欠我的，
我記下了
給我快馬和輿圖，
將來再跟妳要錢要人，妳可別不認。
你……
查清自己身世後還會回突厥嗎？
是，
沒有會離棄自己族人的將軍
我……
不想與你為敵。

……這與妳的畢生心願有關？

是

如此，

那便希望妳我別在戰場上相見。

我，
亦不想與妳為敵。
李靖府邸
房公，
您如今也該
跟我說個清楚了
讓我「保管」阿雲，
到底做何打算？
紅拂夫人
不必多慮，
老夫只是想
留下個保險而已。

能讓你們如此防備的人……
只怕不是「處理不了」，而是「不便處理」吧？
……
罷了，我也無意打聽
有人在查找阿雲，
只是滑溜得很，我剛注意到就沒了聲息
負責此事的探子我已派去您府上了。
此事與我家無關了哦
得紅拂夫人相助，
房某感激不盡。

這天家的私事，
我們避都只怕避不及呢。
夫人聰慧，
尚書更是中正純臣
咳
真正是保家安國的天下楷模，萬世典範啊！
行啦
夫君一會就到，您去跟他說吧。
話說……
他邀我前來，怎麼人卻不在？
他不是一向都愛跟東市那群老頭下棋嗎？

前幾日遇著了一個胡人少年，
也不知是哪裡入了他的眼，直呼有趣
今日也應戰去了。
哦？
能入※李藥師的眼，這一點就頗有趣啊。
給四郎的行囊備好了，六娘子要看看嗎？
咳咳！去看看吧
六娘子！

※李靖，字藥師。

緒風大管家派人快馬送來了急件，
叮囑一定要送到六娘子手上。
你們退下吧
是
嗯
他們受到了襲擊。
十八
去準備三輛馬車，
隨我出城迎接秦老……要快！
咳咳！
秦伯來了？

長歌行
中文愛藏版
李靖
字藥師，兵部尚書，
隋末唐初文武兼備的
大軍事家，善用兵、
精謀略，是唐朝征討
突厥的最大功臣，後
封衛國公。

卷叁拾玖
了悟

我們歸來之前緊閉門戶，
誰也不許進出
是
若四郎君歸來，便別教他出去了。
是
駕！
喀啦
喀啦

聽說這邊有人家在尋教養娘子
所以趕來問問……
我們家沒有
是嗎？
那小子叨擾了。
再快些！
哎？
是！
車夫！
駕！
十八

可是有什麼不妥？
之前我讓緒風去打探一些事，
可能驚動了某些人
先放下，
聽我說
出城後我伺機下車，妳照舊乘著馬車回來，
我歸來前秦府由妳坐鎮，要一切如常。
主公

要不要封門閉戶
直至妳歸來？
不用，
我們行事秘密，
僕婦並不知曉
她們的態度
才是我們
最好的掩護。
還有四郎君……
給他最快的馬，
讓他疾馳出長安
且替我道聲
「後會有期」吧。
是！
長安 西市
來來，
今日你要能
破我一道防線，
就可拿回腰帶
和一吊錢去。

若能突入大營，
老夫倒貼你一頓酒飯。
不打了
我是來道別的。
哦？

有急事，今日便要離開長安
因為昨日約戰，想你還在此等我
便來道別一聲。
唔……
小子，
你領過兵？
……
理論一竅不通，直覺倒是精準
對戰機和用兵的虛實是騙不了人的，
你幾歲上的戰場？嗯？

可我打不贏你
哈
哈哈！
小子，你的急事辦完後
要不要來我麾下領兵？
我不管你的過去與出身，
你既選擇成為大唐的臣民，老夫便願意給你一個前程。

老爺子，
你是什麼人？
大唐兵部尚書
李靖
我聽說過你，
你是漢人的軍神！
這幾日，
我的戰陣
你也偷學了不少
要不要來
堂堂正正的學？

抱歉
我很想，
但我不能。
可惜了

良才璞玉
假以時日
必成一代名將
我不知你的
故國是否有
這樣的耐心……
所以

還是將你留在大唐吧！

真是，
二話不說
便趕人！
你剛才分明
是要輸了！
兩位
老爺子，
這是怎麼了？
上頭
在趕人了，
回吧，
回去吧。
砰
發生
什麼事了？
砰
磅
砰
不好了！
打起來了！
唉喲，
趕緊走！
四郎君!?

咯嚓
！
四……

嘶
嘶
四郎君!!
嗚啊啊啊啊啊!

唉……
丟不丟人？
末將慚愧
得了
這小子的蠻力也真夠強大的，
龐二只怕要追丟啊……
他既然說今日要離開長安，便不會有假，
帶人去守住四面城門。
是！

注意
別驚動禁軍，
也別傷他性命。
是！
鏗
噹
嗟
嗟
嗟
小子
別跑！
四郎君
啊呀呀呀！
有種
你站住！
你、
你這是……？

……
那老頭設圈套害我，
啥!?
我被騙欠下了一大筆賭資，回去只怕要被拿住送官

你小子回去的時候機靈點
可……可是……

很好
哪裡來的渾小子！
砰磅
嗚啊啊啊啊！
哎呦！
哎呦我的腰！
可惡！快給老子截住他！
小
小……

小軍師!?
好久不見，亞羅
你還是躺著吧。
都是皮外傷，
若不能進城，在這兒休養倒也問題不大
那就先在這兒委屈幾日吧
……
我與秦老出去議事，
你們好好養傷。

阿爾泰
你說隼大人他……還會不會回去啊？
……
這次虧得我們及時趕到，
不然他們怕是不能倖免……
萬幸的是，轉移商道很順利，
現在西域的據點已落成
襲擊我們的是突厥人，
至於是哪方勢力還得再查證。
阿賓他們隨後就到……
主公？

妳這是何意？

請秦老受我一禮。

這些時日……虧得秦老殫精竭慮才掙下這偌大的資財

我徒居主公之位，未盡主公之職，反倒處處掣肘，

著實羞愧萬分。

主公何須如此？

前因我亦聽觀主提過

「道」之惶惑，大聖先賢亦不能免，

主公小小年紀便能明心見性，何愧之有？

接下來……

還請秦老將雁行門資產分作四份，
秦老與媛娘領其中之二，原公孫大人帳下軍士領其中之一
興唐！
眾人跟隨我的理由各異，而我之後要做的事情也未必人人認同
我對大家心存愧疚……若想要自去謀生的，我絕無二話。
主公，
妳是想要……？

……
小主公，
可否跟老夫
說說理由？
……昔日
在朔州，
公孫大人
曾問我可否知其
為何要守住朔州？
我似乎了悟，
又時時迷惑。
此後……
輾轉數萬里，
滿目瘡痍
原來全天下
都不幸，
救得一人救不得
全城，殺得一人
殺不得亂世。

方知……大人他選擇的是最吃力的那條道。

我已失家，

不願再失國。

……
老夫年少時
先師曾讖言，
天生良士，遇漢祖必成張子房，隨暴秦則為李通古
當時少年氣盛，不服反問，為何我不能成為良主？
他老人家只批了四字…
有術無道。
小主公，
老夫卻得謝妳……
這一惑四十余載，
如今可解矣。

老夫要領的那份，與主公的歸於一處吧
媛娘年幼，仍由我看顧，待她曉事後再自己拿主意。
秦老……
只不過……
師父！
妳要面對的最大問題，恐怕不是我們啊！
師父！是妳嗎？
長歌行
第六冊完

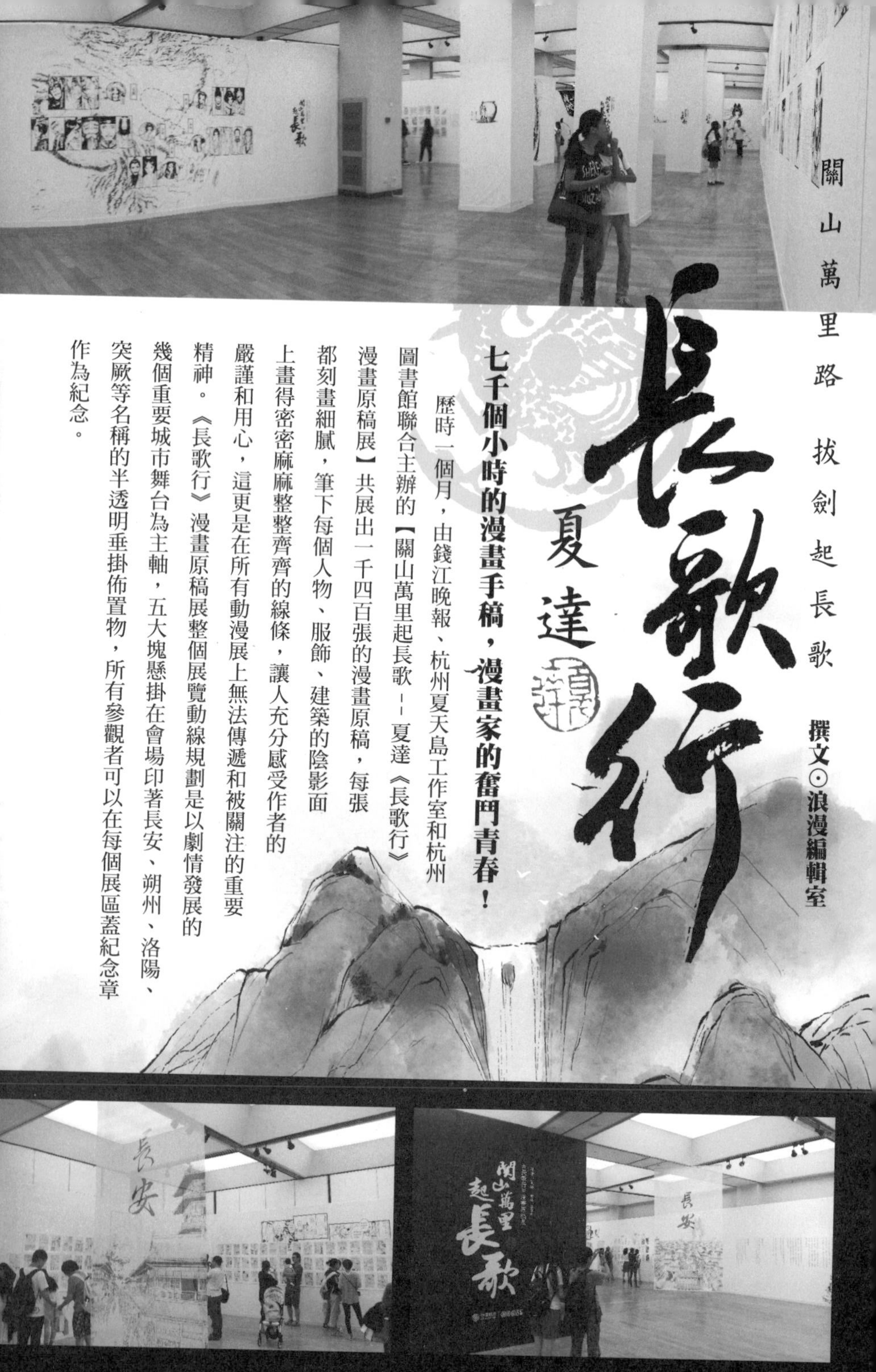

關山萬里路　拔劍起長歌

撰文⊙浪漫編輯室

長歌行

夏達

七千個小時的漫畫手稿，漫畫家的奮鬥青春！

歷時一個月，由錢江晚報、杭州夏天島工作室和杭州圖書館聯合主辦的【關山萬里起長歌——夏達《長歌行》漫畫原稿展】共展出一千四百張的漫畫原稿，每張都刻畫細膩，筆下每個人物、服飾、建築的陰影面上畫得密密麻麻整整齊齊的線條，讓人充分感受作者的嚴謹和用心，這更是在所有動漫展上無法傳遞和被關注的重要精神。《長歌行》漫畫原稿展整個展覽動線規劃是以劇情發展的幾個重要城市舞台為主軸，五大塊懸掛在會場印著長安、朔州、洛陽、突厥等名稱的半透明垂掛佈置物，所有參觀者可以在每個展區蓋紀念章作為紀念。

長安
洛陽
2015.9.9.
長歌行漫畫原稿展
在杭州浪漫啟動!!
★獻給所有支持漫畫創作、
喜歡長歌行故事、以及發自
內心關切著漫畫角色所有喜
怒哀樂的親愛讀者們。
突厥

關山萬里路 拔劍起長歌

原畫展會場
每一個牆面設計所
使用的角色、場景
圖像，都讓讀者們
感到驚艷!!

最HIGH的一天!!
長歌行動態漫畫發布會

★爲搭配原稿展的盛大開幕，主辦單位精心規畫了一場另所有讀者期待許久的動態漫畫發布會，邀請所有長歌行配音演員們親臨現場、無懈可擊的爲大家LIVE完美演出!!
最聲歷其境的感受！

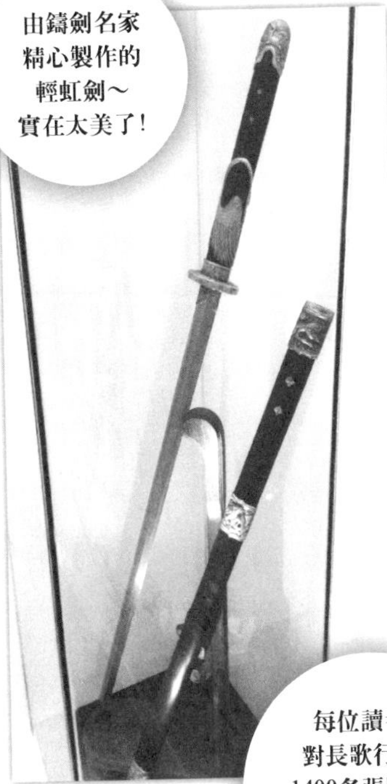

由鑄劍名家
精心製作的
輕虹劍～
實在太美了！

每位讀者都
對長歌行漫畫
1400多張原稿的
精緻細刻程度驚
嘆不已！

ACCC／浪漫畫系列007

長歌行 06

時報書碼：VYO2006

作　　者──夏達
協　　力──龔寅光、包子、阿飛、阿鳥、卓思楊
監　　製──姚非拉

責任編輯──曾維新
文字編輯──張毓玲
美術設計──林宜潔
封面題字──喬平

董事長
發行人──趙政岷

大好世紀
總編輯──夏曉雲

出版者──時報文化出版企業股份有限公司
10803台北市和平西路3段240號3樓
發行專線─（02）2306-6842
讀者服務專線─ 0800-231-705・（02）2304-7103
讀者服務傳真─（02）2304-6858
郵撥─ 19344724時報文化出版公司
信箱─ 台北郵政79－99信箱
時報悅讀網─ http://www.readingtimes.com.tw
電子郵件信箱─accc.love.comic@gmail.com
法律顧問─ 理律法律事務所　陳長文律師、李念祖律師

印　　刷──勁達印刷有限公司
初版一刷──2015年10月16日
定　　價──新台幣180元

⊙行政院新聞局局版北市業字第八〇號

國家圖書館出版品預行編目資料

長歌行5 / 夏達著. -- 初版. -- 臺北市：時報文化, 2015.10
204頁； 14.8x21公分. --
面；　公分. -- (ACCC系列；007)
ISBN 978-957-13-6372-1　（平裝）
1. 漫畫

Printed in Taiwan